カゲキリムシ

西沢杏子 作
山口まさよし 絵

てらいんく

カゲキリムシ

もくじ

初出一覧

「コウモリのこうもりがさ」……「ネバーランド Vol. 6」(二〇〇六年三月二十五日)
「いつもとちがう朝」……「ネバーランド Vol. 9」(二〇〇七年十月二十日)

☆他は書き下ろし

1　カゲキリムシ

勇希は、自転車で児童公園にいった。

ズボンのポケットには、わかなの自転車のカギが入っている。きのう、児童公園の入り口に止めてあった、わかなの自転車からぬき取ったカギだ。

ちょっとした、いたずらのつもりだった。それなのに、わかなが泣いて、大さわぎになり、返しそびれてしまったのだ。

わかなのおかあさんが、スペアのカギを持ってかけつけ、ほっとした。だけど、カギは返せなかった。

わかなに返さなきゃ。ごめんね、も、いわなきゃ。そう思ってきたのに、公園にはだあれもいない。わかなも、わかなの友だちも、だあれもいない。

しーんとして、ブランコもすべり台も、昼寝をしているみたい。

勇希は、わかなのカギをポケットから取りだし、あたりを見まわした。

「あそこに、かくしちゃおう」

公園の真ん中にある、大きなサクラの木。幹に黒い穴が開いている。勇希はそろそろと、穴に近づいた。胸ぐらいの高さの穴に、わかなのカギを落とした。

右手までカギといっしょにすいこまれそうで、ぱっと引っこめた。

両手をしっかりとにぎり合って、

「へいき。へいきだよ」

と、自分で自分に、いってやった。

「ぼくは、このごろ強くなったんだもん」

勇希は両手をほどいて、ぶらぶら、振ってみた。それでも、なんだか右手が穴の方へ、引っぱられそうな気がする。

サクラの木から、ちょっとはなれた太いヤナギの幹に、へばりついてみた。

地面にできている勇希のカゲも、ヤナギの木のカゲに、へばりついている。

「へんてこなカゲ」

と、勇希がいうと、

「へんてこなカゲ、のもと」

と、だれかがまねをした。

「だれだ」

勇希が、きょろきょろすると、

「そのまま！　動くな！　動くと切るぞ」

と、おっかないことをいう。ギチギチという、ぶきみな音も聞こえる。

勇希は音のする足もとを見た。

「ムシ！」

いつか、おねえちゃんがつかまえた、ゴマダラカミキリにそっくり。だけど、あのゴマダラの二ばいぐらいもある。ねっとりと、ミルク色に光って、長い触角をくねくねして、勇希のカゲの足のあたりに止まっている。

勇希は、ぞーっとした。ちかごろ強くなった、といってもムシはだめ。ムシには、まだ弱い。

「ムシはムシでも、ただのムシではないぞ、おれは」

ムシは、いばっていった。

「カゲキリムシ。またの名を〝忍者(にんじゃ)カゲキリ〟と、いう」

「忍者カゲキリ?」

「そうだ。忍者のようにあらわれて、カゲを切る。カゲを切っては、むしゃむしゃ食べる」

勇希のせなかは、ぞくぞくしてくる。

「ぼくのカゲも切るつもり?　食べるつもり?」

「もちろん、そのつもり。このごろ強くなったって、さっき、いってただろうが」

「う、うーん」

「なるべく、強いやつのカゲを食べろって、忍法(にんぽう)のクロカゲ先生にいわれてる」

「どうして？」

「強いやつのカゲを食べると、おれも強くなるっていうわけ」

「でも、そんなことされたら、ぼくのカゲはどうなるの？　消えてしまうんじゃない？」

「さてな。やってみなきゃわからんな」

「いやだよ、そんなの」

勇希は逃げだそうとした。

が、あれっ？　体が動かない！

「ギ、ギ、ギ」

と、カゲキリがわらった。

「これぞ、忍法カナシバリの術」

勇希はますます、ぞーっとしてきた。

「ビビるなって。人間のカゲは、なん枚にでもはがれるんだ。おまえのぶんのカゲは、ちゃんと地面に残るぐらい、うすーく切りはがすからさ」

「うまくできる？　ぼくのカゲ、ぜったい、ぜんぶはなくならない？」

「ごしゃごしゃ、いうな。強いやつは、よけいなことはいわないもんだって、クロカゲ先生はいったぞ」

「だってぇ、いやだもん。やめてくれよー」

勇希は逃げたい。だけど、体が動かない。

「ギチギチ、ギチギチ。ギイーッチ、ギチギチ」

カゲキリは触角をふりふり、足をふんばり、あごのはさみで、勇希のカゲを切りはがしていく。

風が、さぁっと吹くと、切りはがされたはい色のカゲが、ペラペラとめくれる。ラップフィルムみたいに、薄くすけている。

「切り終わったぁ。ガ、ガ、ガ」

カゲキリはうれしそう。大口を開けて、わらった。

「でも、おまえはまだ動けないぞ。むりやり動いたら、切りはがしたカゲと、地面に残っているカゲとがもつれて、しわくちゃになるからな」

カゲキリは勇希のカゲの、頭のてっぺんに立つと、切りはがしたカゲを、ぺらあっと浮かせ、横にずらした。

それから、前足を使って、くるくるくるくるまきはじめた。

勇希は地面に残されている自分のカゲに、目をこらした。色が薄くなった気もするが、カゲはちゃんと、勇希の形をしている。痛くもないし、かゆくもない。気分がちょっとだけ、ふにゃらーとするのは、カゲを一枚だけ、切りはがされたからかな？

カゲキリは、巻物にしたカゲを、こんどは折りたたんでいる。たたみ方が、うまい。勇希にだって、あんなにきれいには、たためそうにない。

「四角くなあれ。四角くなあれ！　っと」

カゲキリは、折りたたんだカゲを、ぺちぺちたたいて、四角にしている。

「キャラメルみたい」

「ざんねんでした。ガムでーす。ガムはガムでも、カゲ・ゴム・ガム。あ、そうだ。おまじないをとなえたほうが、りっぱなガムになるって、クロカゲ先生にいわれてた。

ガムよりあまーい　カゲ・ゴム・ガム
ゴムよりのびーる　カゲ・ゴム・ガム
カゲより黒ーい　カゲ・ゴム・ガム
おまえも、だまってないで、いっしょにおまじないをとなえろ！」
「忍法カナシバリをといてよ。口の周りがごわごわして、うまく動かないんだから」
「それはできんな。不自由ななかでも、協力する！　これこそ、カゲを分け合った仲というもんだ」
カゲキリは、いった。
なんて、かってなやつ。
「さあ、いくぞ。せーの！」
「ガムよりあまーい　カゲ・ゴム・ガム
ゴムよりのびーる　カゲ・ゴム・ガム
カゲより黒ーい　カゲ・ギョム・ギャム、いたーっ。べろ、かんじゃった」
「やれやれ。でも、おまえの協力で、りっぱなガムができたぞ」

カゲキリは、口をげたあっと四角に開け、できたてのカゲ・ゴム・ガムを放りこんだ。

「ング、ング。クッチャ、クッチャ」

ぎょうぎの悪い音を立てて、ガムをかみだした。

すると、なんてことだ！

白かったカゲキリの体が、みるみる黒く変わっていく。

「どうだ。強そうに見えるか？」

「見えるよ。強そうで、こわいくらい」

勇希は、しょうじきにいった。

「ガッ・ガッ・ガッ」

カゲキリは、まんぞくそう。

「おつぎは、忍法マネシンボウの術」

カゲキリはさっと飛び上がり、勇希の自転車に近づき、カギを口で引っこぬいた。

あっというまの、はやわざだった。

「あーっ！　なにするんだよー」

勇希（ゆうき）がさけんでも、むし。

カゲキリはカギを口にくわえたまま、また、あっというまに、サクラの木の穴（あな）に放（ほう）りこんだ。

「カチャ」

と、かすかな音がした。勇希のカギが、わかなのカギに、ぶつかった音だ。

「カギの番人として、ゲジゲジ100ぴき、ダンゴムシ100ぴき、ジクリとかむムカデを100ぴき、入れといたからな。じゃあな。バイバーイ」

「そんなあ。ひどいよー」

勇希は、べそかき声を上げた。だけど、カゲキリはぶうんと羽ばたいて飛（と）び去（さ）った。

とたんに、勇希の体が、ぽわぽわとあたたかく、やわらかくなった。カナシバリの術（じゅつ）が、とけたのだ。

勇希は、ゆっくりと、ヤナギの幹（みき）から体をはがした。

Tシャツの胸（むね）のところが、ねばっと、幹にひっついている。まるで、ボンドでくっつけられていたみたいだ。

あいつの忍法カナシバリは、そうとうすごい。

勇希は、カギのない自転車の横で、しょんぼりした。わかなもきっと、こんな気持ちだったんだろうな……。

と、そこへ、わかながきた。

ピンクの自転車に、のってきた。

「どうしたの？　ゆうくん。しょんぼりして」

勇希は、むむっと、返事につまった。

「わかなのカギと、ぼくのカギを……。えーっと、こわーい番人が……」

「なに、いってんの？　番人って、だれのこと？」

わかながきいた。

「えーっと。わかなのカギが、どこにあるのか、ぼく、知ってる」

「ほんと！　どこ？」

勇希は、サクラの木の穴を指さした。さっと指さして、さっと、引っこめた。

あの穴に、100ぴきずつの、こわいムシの番人がいる、なんてことは、いえない。

「あの穴のなか？」

なんにも知らない、わかな。

スキップしながら、穴に近づいていく。

右手を穴につっこんだら、どうなる？

どうする？　勇希！　わかながムカデにさされても、いいのか！

「いけ！　おまえは強い」

近くで、カゲキリの声がした。

どこかで、勇希を、おうえんしているのだ。

「わかな！　待って！」

勇希は、わかなをとめた。

「ぼくが、取る」

いってはみたけど、勇希の胸は、ドッキドキ。ビックビク。

このくらーくて、しめったムシだらけの穴のなかに、手を入れるなんて。

「あれっ？　かっこいい！　ゆうくんのぼうし」

わかなは勇希のぼうしを見ている。

「カミキリムシが止まってる」

勇希は、ぼうしをぬいでみた。

「カミキリムシじゃないよ。こいつ、カゲキリムシっていうんだよ、なっ」

勇希がいうと、カゲキリは、

「ギシック。ギシッ」

と、返事(へんじ)した。

「100ぴきのゲジゲジも、100ぴきのダンゴムシも、100ぴきのムカデも、なんてことないさ」

と、カゲキリがいった。

「番人というものは、自分の物(もの)を取りにきた人を、かみついたりはしないもんだ」

「わかった」

勇希は、うなずいた。

「カゲキリと、なに、しゃべってるの？」

わかながきいた。

「ないしょ」

勇希はいうと、もう、迷わずに手を穴につっこんだ。

指が、カギを二つ、つかんだ。

なん100ぴきの門番たちは、だれもおそってこなかった。

「わあい！　わたしのカギ。あれっ？　もしかして、それ、ゆうくんのカギ？」

「う、うん」

「やったあ。わたしのには、ダンゴムシのおまけがついてる」

わかなのカギの黄色いホルダーに、ダンゴムシがくっついていた。

100ぴきではなく、たったいっぴき！

「ダンゴムシ、そんなに好きだったんだ」

勇希は目を丸くした。

「だあいすきだよ。ゆうくんは、そのカゲキリムシが好きなんでしょ？」

わかなは、まぶしそうに、勇希のぼうしを見上げた。

「うん。だあいすき！」

勇希は、胸（むね）をはっていった。

ぼうしのカゲキリが、

「ギッ・ギッ・ギッ」

と、わらった。

2　コウモリのこうもりがさ

児童公園で、勇希はむっくんと、ブランコをこいでいた。

「きのうね。あっちの畑でコウモリがいっぱい飛んでたよ」

勇希は、畑のほうを指さした。

「ぼくも見た。群れで飛んでたね。あれがアブラコウモリだよ」

むっくんは生き物のことなら、なんでも知っているから、みんな「生き物博士」と呼ぶ。

「いっぱいいたから、石を投げたんだ！　そしたら、当たったよ、一匹に」

勇希は得意になって、いった。

「当たるなんてヘンだ。それに、コウモリが雑菌を持ってるからって、石を投げるなんて」

　むっくんは目を細くして、勇希を見た。勇希のいったことに、文句をいいたい生き物博士の目だ。

「コウモリは超音波をだすんだよ。それも、このあいだ、図鑑で見たでしょ」

　むっくんちで、たしかにコウモリの図鑑を見た。

「木のほら穴で、コウモリがびっしり並んで、さかさまで冬眠している写真、すごかったね」

「どんなに興味があっても、コウモリは雑菌がいっぱいだから、ぜったいに、手でさわってはいけません、って、いうのもおぼえてる？」

　生き物博士のむっくんはいった。

　勇希はうなずいた。わすれかけていたけど、いま、思いだした。

「コウモリはね。超音波をだして、飛んでる虫を見つけて食べるんだよ。だから、ゆうくんの石なんか、いっぱつで見破る」

「でも、石を投げたら、飛び方がヒヨヒヨヨッて、こんなふうになったんだよ」

勇希(ゆうき)はブランコを下りて、肩(かた)をななめにして、よろけて見せた。

「うそだろ」

「うそじゃない」

「ありえない」

「ありえる」

とうとう、けんか。

むっくんは帰ってしまった。

ひとりになると、急(きゅう)にあたりが暗(くら)くなってきた。

「ぼくも、かーえろ。勇希も、かーえる。帰るぞ、勇希」

勇希は気に入りのゲームのメロディを替(か)え歌(うた)にして、歌いながら畑(はたけ)の近くまできた。

「いた！　アブラコウモリ！」

うす暗い空に、輪(わ)をかいて飛(と)んでいる。

「1、2、3、4……」

数えるのが、追(お)いつかないくらい。

勇希は、石ころをさがした。

見つけた石ころを、にぎりしめた。

投げたいような、投げたくないような、ヘンな気もちだ。むっくんの「超音波」とか「雑菌」なんていう、博士言葉をくり返し聞かされたからだ。

それでも、群れを目がけて投げた。石はへにゃりと飛んで、どのコウモリにも届かずに、畑のなかに落ちた。

きのうとは、ぜんぜんちがう。

「もういっかい」

勇希はべつの石ころをさがした。ちょうどいいのが、なかなか見つからない。

「見つかるもんか」

顔のすぐ横で、声がした。

畑のわきのクワの木の枝に、コウモリがぶら下がっている。

図鑑で見たとおり、さかさまだ。

「しゃべれるの？」

「しゃべれるとも」

「コウモリもほ乳類だから？」

「そうとも。ほ乳類どうしなのに、なんで、石なんかぶつけるんだ」

　さかさまのまま、コウモリがきいた。

「えっ？　当たったの？」

　勇希は、ちょっとあせった。

「きのう投げたのが、当たったんだよ。きょうのは、へにゃへにゃで、当たるわけない。おまえ、きのうも石を投げたろうが？」

　ぶるぶる。思わず顔を横にふった。

「きのう投げたのは……むっくんだ」

「ほんとか？」

　むっくんには悪いけど、勇希はうなずいた。

「羽に傷がついたんだぞ。むっくんに会わせろ」

「むっくんに会って、どうするの？」

「つんつく、つんつく、つつきまくってやる、このツメで」

「やめて！　ゆるして！」

「いーや。ゆるさん。さあ、おれをむっくんのとこへ、連れていけ」

コウモリのさかさまの目が、ぬれて光っている。にらんでるみたいだ。

勇希は、ぶるっと、身ぶるいした。

「さ、指をだせ。おまえの指につかまるんだから」

でも、勇希には指がだせない。

あんなツメで、つかまられたら、痛いに決まってる。雑菌がいっぱいになって、勇希は病気になって、死ぬかもしれない。

勇希は両手を、体の後ろへかくした。

そのとき。

ぽつぽつと、雨が降ってきた。

「あ、雨だ。帰らなくちゃ。ぬれると、ママにしかられる」

「ちょっと、待て！」

コウモリはいうと、さかさまの体を前と後ろに揺さぶりだした。

「ぶらん　ぶらん　あんぶれらん
ぶらん　ぶらん　あんぶれらん」

コウモリは揺れながら、歌った。

すると、見るまに、黒いこうもりがさに変身した。

「すごい！　パパのこうもりがさに、そっくり！　コウモリのこうもりがさだ！」

勇希はさけんだ。

「ぬれるぞ。早くおれをさせ」

コウモリのこうもりがさが、命令した。

「おれの雑菌がこわいんだな。だいじょうぶだ。こうもりがさになれば、雑菌などいっぺんでなくなる」

勇希は、それでもこわくて、しぶしぶ、こうもりがさをさした。

にぎるところが、ぴくっ、ちくっと動く。

かさのいっかしょに、穴が開いている。

勇希がきのう、石をぶつけたせいかもしれない。

「さあ、いけ。むっくんちに！」

こうもりがさが、また、命令した。

勇希は、歩きだした。

自分の家に向かって。

むっくんちになんて……いけない。

「ふふふ。飛ばないでも動いてる」

　こうもりがさが、わらった。

「るんるん。うまい」

　こうもりがさが、よろこんだ。

「口を開けてるだけで、虫が飛びこんでくる」

　こうもりがさは、ごっきげん。

　勇希は、ごっきげんじゃない。

　あっちから、散歩の犬がやってきた。太ったボクサーだ。おばさんとおそろいのがらの、レインコートを着ている。

　コウモリのこうもりがさが、

「おっかない顔だねぇ」

と、ビビった。勇希はコウモリのために、道のはしっこへよけた。

　すると、犬まではしっこへ向かってくる。鼻をふんがふんが鳴らして、近づいてくる。

　飼い主のおばさんが、

「ボクちゃん、どうしたの！　そっちじゃないでしょ」

といって、リードを引っぱるけど、いうことをきかない。引っぱられながら、勇希にとびかかろうとする。

「ひゃあ！」

勇希はコウモリのこうもりがさを、せいいっぱい高く上げ、ぴょんぴょんはねて、犬から守（まも）った。これいじょう、コウモリを傷（きず）つかせたくなかった。

「ボクちゃん！　やめなさい」

犬のおばさんはやっと、ボクちゃんを引きもどした。

「ごめんね。きみと、遊（あそ）びたくて、こんなことするのよ」

おばさんは勇希にあやまったけど、それは、ちょっとちがうと思う。ボクちゃんが遊びたいのは、ぼくよりも、コウモリのこうもりがさ、と、なのに。

「やれやれ。道の上はひどい所なんだな。空の上がずっといい」

コウモリはつかれた声でいった。

雨が音を立てて、降（ふ）ってきた。

「雨、もれてこないか？」

コウモリが心配（しんぱい）そうにたずねた。

「もれてこないよ」

ほんとは、すこしもれてくる。

「かさ、ゆがんでないか？」

「ゆがんでないよ」

ほんとは、すこしゆがんでいる。

だけど、雨がもれるのも、ゆがんでいるのも、コウモリのせいじゃない。

きのうの、勇希（ゆうき）のせい、なんだ。

勇希は、だんだんしょんぼりしてくる。

「まだか？　おれに石をぶっつけたやつの家は」

コウモリがきいた。

「もうすぐ。もうすぐだよ」

勇希は元気のない声で、いった。

「そうか。もうすぐ、つっつけるんだな。うっしっし」

コウモリはよろこんでいる。

「ぶらん　ぶらん　あんぶれらん
ぶらん　ぶらん　あんぶれらん」

コウモリは、ふたたび、ごっきげん。

勇希は、ふたたび、ごっきげんじゃない。

のろのろ、歩いた。

でも、家の前まできてしまった。

「ここが、むっくんの家か」

「んーん。ぼくの家。きみに、石をぶっつけたのは……。つまり、えーと」

勇希が、ぼくだ、と、いえないうちに、玄関(げんかん)のドアが開(あ)き、ママがでてきた。

「どこで、道草してたの！　むっくんママにメールしたら、むっくんはとっくに帰ってるっていうから、これからさがしにいこうとしてたのよ！　なに、それ。へんてこな破(やぶ)れがさ！　捨(す)ててらっしゃい！」

びくん、と、こうもりがさがふるえた。

ママはいうだけいうと、引っこんだ。

「だいじょうぶ！　捨てたりしないから」

勇希は、コウモリのこうもりがさに、ささやいた。それから、ガレージのフックに、コウモリの足を引っかけてやった。

「どう？」

「いい気ぶん。親切だな、おまえ」

「そうでもない。きみに石ぶつけたの、ほんとは、ぼくなんだよ。ごめんね」

勇希は、コウモリにあやまった。

「あぁ、そうだったのか」

コウモリはあまりびっくりしなかった。

「つっついていいよ。ぼくのこと」

「あ、いや。つっつくのはやめよう。いまでは、羽が破れたのは、おれが年をとったせい、のような気がしてるしな。おまえの石のせい、なんかじゃなく」

コウモリはそういって、風に揺れた。

ゆうはんの前に、勇希はガレージにいった。コウモリは、いなくなっていた。さびしいような、ほっとしたような、いろんな気持ちが、勇希をおそった。

コウモリを下げていた、フックの下のコンクリートが、雨のしずくでぬれていた。

3　モグラのあくしゅ

りかの自転車が、なくなった！

児童公園で、わかなちゃんと亜矢ちゃんと遊んでいるあいだに、消えてしまった。

「ゆうくんじゃないの、犯人！　このあいだから、黄色い自転車をさがしてたもん」

わかなちゃんがいった。

「また、原っぱにいるよ、きっと」

亜矢ちゃんが、いった。

さいきん、勇希くんは児童公園と原っぱを、いったりきたりしている。

りかは、すぐにかけだした。
わかなちゃんと亜矢ちゃんも、いっしょに追いかけてきてくれた。
でも、原っぱのどこにも、ゆうくんはいない。りかの自転車も、見つからない。
亜矢ちゃんとわかなちゃんは、四つ葉のクローバーをさがしはじめた。
亜矢ちゃんは、一本見つけたって。
わかなちゃんは、二本も！
りかは、なあんにも。
「いいもん。ほんとに、さがしてるのは、わたしの自転車なんだから」
りかは、ひとりでかけだした。まだ、原っぱのすみっこあたりは、さがしていない。
りかは、草の上を走った。
と、とつぜん、ずぼっと、右足が土にめりこんだ。モグラづかを、ふみつけたのだ。
「いてーっ」

と、声がして、まるまる太ったモグラが、土の上にあらわれた。頭の半分が入るみたいに大きな、黄色いゴーグルをつけている。

「だれだ。おれんちをふんづけるのは」

モグラはピンク色の鼻(はな)を、ピクピク動(うご)かしておこった。

りかは、びっくり。ごめん、もいえない。

「あれっ。おまえ、りかって名前？」

「えっ？　どうして、わかるの？」

「ここに、りかって書いてある」

モグラは、りかのスニーカーを、泥(どろ)のついたツメでなぞった。

「すごい。字が読めるなんて！」

「そうとも。このゴーグルをつければな。明るい所でも目が見える。字も読める」

モグラは胸(むね)をはった。

「おれ、ハーレー・ダビッドソン」

モグラはゴーグルをつまみ上げ、かっこうをつけた。

「えーっ。おなじ名前だ。おじいちゃんのオートバイと」

「あはは。そうか。だけど、おれもりかとおなじ名前を、どっかで見たな」
「ほんと？　どこで？」
「うーむ。ちょっと待(ま)て」
ハーレーは、なかなか思いだせないようで、おなかをぽりぽりかいた。
「ま、いいや。そのうちに思いだすさ。ともかく、はじめましてのあくしゅをしようぜ」
ハーレーはのばした両手(りょうて)で、りかの右手をぐっと、はさみこんだ。ぐいっぐいっと、引っぱりながら、あくしゅの歌を歌いだした。
「モグラのあくしゅは　魔法(まほう)のあくしゅ
しゅしゅしゅしゅしゅ　しゅうっと
小さくなあれ
小さくなったら　友だちさ
だれでもみんな　友だちさ」
ハーレーの歌といっしょに、りかの体は、ず、ず、ずんと小さくなっていく。

「あーっ！　なにするのよー」

　あばれても、もがいても、むだ。りかはずるずると、モグラづかのなかに引きずりこまれていった。


　まっくらくらの、穴のなか。

　しめっぽい土の匂い。すうすうと、耳に吹きかかるのは、ハーレーの鼻息。

「ふるえるなよ。いくじなし」

「だって、こわいよぅ。真っ暗で、なんにも見えないんだもん」

「りかって、しょうじきだな。しょうじきなやつ、おれ好き。さっきのやつは、こわくないっていってるくせに、ふるえてたもんな」

「さっきのやつって？」

「りかには関係ないの。それより、じっとしてろ。こいつを、こうやって」

　ハーレーは、ひんやりして冷たい物を、りかの耳に、かけてくれた。

すると。

穴のなかが、ぱあっと、明るくなった。

原っぱの光が、地面のなかまで、しみこんでくるようだ。

目の前に、大きなゴーグルをつけたハーレーの顔。

ハーレーの後ろには、長いトンネル。

「わあ。ものすごく、遠くまで見える」

「ぐふふ。おれの作った、遠メガネ」

ハーレーのじまん顔。

「こっちへこいよ。おれの三輪車で、トンネルのなかを案内してやるから」

ハーレーは、りかを物おき部屋に、つれていった。

黄色い三輪車が、あった。ハンドルに「りか」という、名札のさがった三輪車。

すこしゆがんだ、かご。

きずだらけの、黄色いラッパ。

「わたしの三輪車だ！」

「なんだって！」

「ほら。名札に『りか』って、書いてある。だから、ハーレーは、りかの名前を知ってたんだよ」

ハーレーのひげが、みるみる、しょぼんとなった。

「そうだったのか。泣けてきそうだよ。りかとあくしゅなんて、しなきゃよかった。この三輪車を、おれがどれほど好きか、って、いま気がついたもの」

「りかだって、そうだよ。黄色の自転車も好きだけど、この三輪車だって、いまも大好きだよ。ママが、知り合いの子にあげた、っていった時、どんなにかなしかったか」

「そうだったのか。黄色の自転車も、りかのだったか」

「えっ、もしかして、ハーレーは知ってるの、わたしの自転車がどこにあるのか」

「あ、いや。おれと、りかは黄色が好き、というところで、おなじだな、って」

りかは、くちびるを強くかんだ。

いまにも、三輪車を返して！　と、いいそうだった。

「だけど、おれ、どろぼうじゃないぞ」

ハーレーは、あせっていった。

「草やぶにかくされてた三輪車を、おれのあくしゅで小さくしただけだぞ。そういうのは、どろぼうっていわないだろ？」

「わかんない」

りかは、小さい声でいった。

「三輪車に、きいてみようか」

りかは、三輪車のラッパを鳴らした。

黄色いラッパは、

「ピッポッ」

といって、りかと散歩にいったことを、思いだした。

また、

「ピッポッ」

といって、パンやさんへお使いにいったことも、思いだした。いっしょに転んだことだって、わすれてはいなかった。

だけど、ハーレーが、どろぼうかそうでないかについては、ラッパはなんにも、いわなかった。ラッパはなんでも知ってはいるけど、なんでもは、いわないのにちがいない。

りかは三輪車を買ってくれた、おじいちゃんを思いだした。おじいちゃんみたいに、腕を組んでいった。

「この三輪車は、もう、りかには小さいんだ。だから、ハーレーにかしてあげるよ、ずうーっと、ずうーっと」

「おれに？　ずうーっと！」

ハーレーのピンク色の鼻が、ピクピク動いて、ふくらんだように見えた。

「ようし。二人のりして、ぶっ飛ばそうぜ。おれのトンネルを」

「いいよ！　りかの自転車もさがそう！」

「よし。なんとか、かんとか、さがそう」

ハーレーはおかしな返事をして、三輪車にまたがった。サドルがぎしっと、きしんだ。はりきった時の三輪車は、こんな音を立てるのがくせだった。

りかは立ちのりをして、ハーレーの肩につかまった。

「ひゃあ、くすぐってぇ。おれ、くすぐったいのに、弱いんだよ。

くすぐるなよ」

「つかまってるだけだよ」

「そうか。それでは、しゅっぱーつ」

カチャ　カチャ　カッチャ。

カチャ　カチャ　カッチャ。

急ぐ時の音も、変わっていない三輪車。

ハーレーの長いトンネルを、走る走る。

曲がり角にくると、ラッパが、

「ピッポッ」

といって、りかがふり落とされないよう、注意してくれる。

　曲がり角を三つ曲がった時、

「だじゅげでー」

と、声がした。

「なあに？　いまのべそかき声」

「さあて、な。あんまり気にするな」

ハーレーは知らんぷりで、三輪車をこぎ続ける。

ハーレーの部屋は、いくつもいくつもあった！

かれ葉をしきつめた、ベッドルーム。

おいしい物をしまっておく、冷ぞう室。

なにがしまってあるのか、教えてくれない秘密の部屋。

ミミズを太らせたり、増やしたりする「ミミズ牧場」。

「おやつにいっぴき、どうだ？」

ぶるぶる。どうぞ、おかまいなく。

「ミミズは、おもらししにきくんだぜ」

おもらしした方が、まだましだ。

「サービスに、もうひとまわりしよう」

カチャ　カチャ　カッチャ。

ピポ　ピッポッ。

三つ目の角を曲がった時、

「だじゅげでー」

と、またまた、べそかき声が聞こえた。

なんだか、ゆうくんの声ににている。

「ストップ！　ストーップ！」

りかは、ハーレーの肩をくすぐって、三輪車を止めさせた。

「このドアの中、あやしいぞ。開けて」

「あやしくなんか、ないない」

「いいや。この中にゆうくんがいる。ハーレーの遠メガネは、なんでも見える」

「あはは。ばれたか。りかにはかなわん」

ハーレーは、前足のツメで、どろのドアを開けた。

「ゆうくん！　やっぱり、ゆうくんだ」

それに、べそかき顔のゆうくんが、しっかり、つかまっているのは——。

「りかの自転車じゃない！」

「その声は、りか⁉　なんで、りかには、ぼくや自転車が見えるの？

ぼくには、なあんにも見えないのに」

「あれっ。ゆうくんは遠メガネをはめてない。だから、見えないんだよ」

「なまいきなやつには、はめてやんないのさ」

「なまいきなのは、どっちだよ」

ゆうくんはハーレーの声のする方へ、飛びかかっていった。

どっしん　ばったん。ゆうくんが手さぐりで、ハーレーのゴーグルを横取りしようとする。

「おまえがはめたって、見えないの」

といって、ハーレーがゆうくんをおしたおす。ひっかきっこ。なぐりっこ。ハーレーのじゃがいも頭VSゆうくんの石頭。

「やめてハーレー。やめないと三輪車、もう、かしてあげない」

ハーレーは、ぎくっとして、すぐに、ひっかくのも、なぐるのもやめた。

ゆうくんの方は、まだハーレーを放さずに、わめいている。

「悪いモグラめ！　ぼくの自転車横取りしといて。黒いからって、もんくいって。三輪車とおそろいの黄色い自転車を持ってきたら、ぼくのを返してやるっていうんだから」

「えーっ！　ほんとなの？　ハーレー？」

「でへへ。ほんと」

「よくばりは、よくないぞ。ようし。こうしてやるー」

りかはハーレーの体じゅうを、くすぐってやった。

「ぎゃあ、やめろ。返すよ、自転車。返すってば」

「黒と黄色、自転車二台とも返すのよ」

「はいはい。りょうかいしました」

ハーレーは、はあはあいいながら、ゆうくんの自転車を引いてきた。

「さては、あの秘密の部屋に、かくしてたのね」

「なんでも、わかるんだな、まったく。りかにはかなわん」

「ねぇ、ハーレー。ゆうくんにも、遠メガネをはめてあげてよ」

「りかのたのみなら、しかたがないか」

ハーレーは、物おき部屋のたなから、もう一つ、遠メガネを取りだしてきた。

りかが、ゆうくんにはめてやると、

「わあ。目が10個もあるみたい」

ゆうくんは大よろこび。

「りかって強いなあ。こんな、悪モグラに、いうことをきかせるなんて」

りかは、むふふとわらった。

モグラづかの真下。
りかは、黄色い自転車に、ゆうくんは黒い自転車に、またがった。
そうして、ハーレーと手をつないで別れのあくしゅをした。
「モグラのあくしゅは
魔法のあくしゅ
しゅしゅしゅしゅしゅ　しゅうっと
大きくなあれ
大きくなったら　バイバイさ
また会えるまで　バイバイさ」
ハーレーが、あくしゅの歌を歌い、バネのような腕で、二人と二台の自転車を地面の上に、放り上げた。

草の上にたおれた二台の自転車。しりもちをついた、りかとゆうくん。二人のおなかに、ぽろりと草のかたまりが落ちてきた。

「遠メガネだ」

りかとゆうくんは、指でつまみ上げた。

明るい原っぱで見ると、ハーレーの作った遠メガネは緑色。四つ葉のクローバーを、なん本もからませて、作ってあった。

草っぱらの向こうから、わかなちゃんと亜矢ちゃんが、かけてくるのが見えた。

4　いつもとちがう朝

パパの転勤で、勇希の家族は、大きな町へ引っこしてきた。

勇希は小学校へ、おねえちゃんは中学校へ転校した。こんどの小学校は、勇希にはちょっとぴかぴかで、大きすぎる。

でも、ママとおねえちゃんは、

「設備がととのった学校でよかったね」

なんて、よろこんでいる。

勇希はそれまでの小学校が、恋しくてたまらない。もう、むっくんとも会えないし、町には畑も原っぱもない。

虫がすくないせいか、コウモリも飛んでいない。

川がないから、メダカもいない。

児童公園はあるけど、いっしょに遊ぶむっくんも、わかなもいない。

勇希は、けさものろのろと、ランドセルをせおった。のろのろと、スニーカーをはいた。

「だいじょうぶよ。学校が見える曲がり角まで、送っていくから」

ママが玄関のドアを開けた。勇希が学校になれるまで、ママはリモートワークだ。

風といっしょに、けむりみたいな雨が、流れこんできた。

門が、ぼーっと、かすんでいる。

「きりだ！　むっくんの好きな、きり！」

勇希は、さけんだ。生き物博士のむっくんは、気象予報士にもなりたいっていってた。

「かさをさすほど、じゃないかな」

ママは、開こうとしたかさを閉じた。

曲がり角にきた。

この曲がり角を曲がると、学校は真っ正面に見える。きりが降っていなければ、校門だって見えるはずだ。

「いってらっしゃい」

ママは手をふった。勇希もママに手をふって、歩きだした。

きりが、ざあっと音を立てて、勇希をつつみにきた。

と、と、とっと、歩くと、きりもまねして、ざ、ざ、ざっと、ついてくる。ふざけるときの、むっくんみたいだ。

なんぽ歩いても、きりのなか。きりのむっくんがついてくる、なんて思っていたら、かさをさしたママが、ぬうっと、あらわれた。

「やっぱり、ぬれるでしょ？　ママのかさに入って！　校門まで送っていく」

「いいよ。きょうは、だいじょうぶ」

勇希は、ママをおし返した。

引っこすことが決まったとき、飼っていたメダカを、パパといっしょに川に放した。

川に放すと、メダカはちょっと、びっくりした。すぐには泳ぎださないで、きょろっと、勇希を見た。

それから、水のなかに消えていった。

勇希はきりのなかを、あのときのメダカみたいに、泳いで進んだ。

校門が、ぼうっと、あらわれてきた。

「なんで、あんなに揺れてるんだ？」

近づいてみると、校門に見えたのは、水草の根っこだ。

もじゃもじゃのヒゲ根でできた校門に、黒いヒモみたいなのが、まきついている。

「ヒルだあ！」

それも、大蛇のようにでっかい。

勇希とむっくんが、スーパーの水そうで、はじめて見たヒル！

「泳ぎ方がこわいって、二人で抱き合ったら、店員さんにわらわれたよね」

勇希は、きりのなかのむっくんに話しかけた。

だけど、目の前にいるのは、あの時のヒルのなん十倍もありそう。

ぬめぬめと光る、平べったい体が、水のなかでくねっている。

えっ？

水？

勇希はヒルから逃げながら、あたりを見まわした。

周りをとりかこんでいたはずのきりが、いつのまにか、水、水、水。

勇希は水のなかに、いた。

こんどは、自分を見た。

手が、ない！

足も、ない！

そのかわり、というように、おなかの両わきで、ヒレがひらひら動いている。

「ぼく、メダカになってる！」

勇希はあせった。

ランドセルは、どこ？

体をひねって、背中を見た。

メダカサイズになった青いランドセルを、ちゃんとしょっている。

「よかったぁ」

勇希は、ほっとした。

「ぼくも、学校にいっていい？」

とつぜん、背中で声がした。

見ると、ミズマイマイの子どもが、ランドセルに、ぴったりくっついている。

「いいよ。しっかり、つかまってるんだよ」

勇希がしゃべると、口からあぶくが飛びだしていく。

引っこす前に、川に放したのは、メダカだけではなかった。水そうのミズマイマイたちとも、バイバイをしてきた。

ミズマイマイは水のなかでくらす、カタツムリみたいなまき貝。

ほんとうは、みんないっしょに、連れてきたかった。

だけど、パパがいったのだ。

「すみなれた川に放すのが、メダカやミズマイマイにとって、一番しあわせなんだよ」

って。

ミズマイマイは、友だちの背中にのっかるのが好きだったな。長い触角を振って、なかまどうしであいさつするのも好きだったな。

勇希は、いろんなことを思いだした。

チビマイマイに、目だまをさわられながら、泳いだ。くすぐったくても、がまんして泳いだ。

チビマイマイをおぶったまま、水草の校門を、くぐり抜けようとした。

その時。

背中に、ぶん！　と、なにかがぶつかり、ふっと軽くなった。

ふり返ると、なんと、チビマイマイが水の底へ落ちていくところだ！

ヒルが、体をくねらせて、あとを追いかけている。

「しまった！　チビがねらわれてる」

ヒルは水のなかにすむ巻き貝に吸いついて、栄養を吸い取ってしまう。

巻き貝のなかでも、カワニナやタニシには、自分を守るふたがついているけど、ヒラマキガイにはふたがついていない。

だから、ねらわれたら、あっというまに吸いつかれる。

勇希は、ヒルを追いかけた。

ぴゅーっと、自分でもびっくりするほどのダッシュ。

すると、向こうからも、丸い岩みたいな物がダッシュしてきた。

「あーっ」

よけるまもなかった。勇希のメダカ口が、岩みたいな物にぶつかった。

「わーっ。ごめんなさいね。あたし、チビしか見てなかったわ」

チビマイマイのママだった。

チビマイマイは、すぐに、ママママイマイの背中にはりついた。

「ヒラマキミズマイマイ！」

勇希は、チビマイマイのママを呼んだ。はじめて、パパに教わった時の名前で呼んだ。

「ほかのマイマイたちも、みんな元気？」

「元気よ」

マイママは、長い触角を大きく振って、うなずいた。

「川に放した時、みんなコロンと、丸まったままだったでしょ？

だから、ずっとずっと、心配してたんだよ」

「お別れが悲しいって、ゆうくんが泣いてくれたこと。みんな、いつまでもおぼえているわ。さあ、もう学校へいかないと、遅刻するでしょ」

マイマイママがいった。勇希のママが、かぜを引いた時みたいな声だ。

「ほんとだ。水のなかまで、予鈴のチャイムが聞こえてくる」

でも、どうしよう。

勇希は、まだ、メダカのままだ。

それに、校門はどこ？

勇希が、きょろきょろすると、

「だいじょうぶよ。校門まで送るから」

マイマイママがいった。

長い触角が、ぴりぴりと動きだし、片方の触角で、くるくるっと、勇希をまいた。

それから、マイマイママは、シュワーっと、あぶくをだした。

まるで、水中ジェットだ。

「わーい。ママはやい！　はやい！」

チビマイマイが、よろこんでいる。

あっというまに、校門。

校門には、また、あの黒いヒルが、もどってきている。こりずに、チビマイマイをねらっているんだ。

だけど、マイマイママは強くて、かしこい。

ヒルをひょいひょいとよけて、校門をくぐりぬけた。

それから、長い触角をバネのように使って、勇希を水の上に放り上げた。

「ばいばーい！」

という、チビマイマイの声が遠くに聞こえた。


二階へ上がる石のかいだんの下に、勇希はいた。こんどの小学校のげた箱は、三年生から二階にある。

勇希は自分の体をさわった。

もう、メダカではない。

手が、ある。

足も、ある。

スニーカーも、はいてる。

背中には、青いランドセル。

だいじょうぶ、だいじょうぶだ。

勇希は石だんのとちゅうまで、かけ上がった。そこから、校門の外を振り返った。

ミズマイマイも、水草も、ヒルも、きりのなかに消えていた。

「ありがとう！　ヒラマキミズマイマイ！」

勇希は、きりのなかに向かって、大きな声でさけんだ。

それから、残りのかいだんを、かけ上がった。ぬれたスニーカーが、むぎゅっ、むぎゅっ、と鳴った。

「おはよう。勇希くん、ぼくたちぎりぎりで遅刻じゃなかったね」

げた箱の前で、となりの席の広見くんが、話しかけてきた。

「ん！　すっごいきりだね。いつもの朝と、ぜんぜんちがうんだから」

勇希は、口をメダカみたいに、とんがらせていった。

「勇希くんも、だよ。いつもの朝と、ぜんぜんちがうよ」

広見くんは勇希のまねをして、口をとんがらせていった。

5　ウオの目さま・タコの目さま

ゆうがた。勇希がゲームをしていると、

「勇希、ちょっとー」

二階からおねえちゃんが呼んだ。

「また、お使いかな」

勇希は鼻にしわをよせて、つぶやいた。

中学生のおねえちゃんは、弟を自分専用のお使いロボットだと思っている。ママがおねえちゃんにたのんだお使いまで、勇希にさせたりする。

「呼ばれたら、さっさとこいよー」

勇希はその場で、はね上がった。

すごい声。テレビにでてくる悪人の声にそっくりだ。こんな時は、急がないとまずい。遅れると、手刀で、おでこに「めーん！」と、やる。

運動会のあと、おねえちゃんは剣道部の副部長に選ばれた。部長は、一色先輩、という男子。おねえちゃんは、一色先輩に片思いをしている。好き！　って、いえないみたい。

「バレンタインデーが勝負だぜ」

と、いっている。おねえちゃんにも、いえないことがあるのが、勇希にはふしぎだ。

勇希はおねえちゃんの部屋に、かけこんだ。わざと、べろをだして、はあはあと、いった。おねえちゃんはベッドの上で、あぐらをかいていた。

「なぁ、弟よ。おねえちゃん、こんなのが、できちゃったんだ、ほら」

おねえちゃんは、はだしの右足の裏を指さしてみせた。親指の真ん中あたりが、もり上がっている。

「めーん！　って踏み込む時、すごく痛くってさ。練習が思いっきりできないんだ」

勇希は、おねえちゃんにすこしだけ同情した。一色先輩のいる剣道部は、おねえちゃんの命なのだ。

「さわっても、いい？」

「そっーと、だぞ」

勇希は、右の人さし指で、さわってみた。

「かたい。石みたいだ」

「これ、なんだと思う？」

おねえちゃんは、真剣な顔できいた。

「パパのとそっくりだけど。パパのは、タコだってよ」

「ウオの目、じゃあ、ないよな」

おねえちゃんは心配そうだ。

「タコって、ウオの目になるの？」

「わかんないよ。けど、なるかもな」

おねえちゃんはショートカットの頭を、ぶるぶると、横に振った。

おねえちゃんは、魚の目をこわがる。タコだって目があるのに、なぜか、タコならがまんできるけど、ウオの目はがまんできないんだって。

「一色先輩も、これとそっくりなのが、できてるってさ。むっふっふ」

おねえちゃんは、こわそうなのに、うれしそうでもある。

「タコとウオの目と、どこがちがうの」

勇希はきいた。

「ウオの目は真ん中に、丸い点があってさ。それが魚の目にそっくりで、だから、その名も、ウオの目……あぁ」

おねえちゃんは、両手で顔をかくした。魚の目を思いだしているんだ。

「ビビるなよ、おねえちゃん」

勇希は、おねえちゃんをはげました。

「タコだって、ウオのしんせきみたいなもんなのに、こわくないんだからさ」

「まあな。勇希にしては、めずらしくさえたことというじゃないか」

おねえちゃんは、がっはっはと、わらった。

それから、なん日かがたった。

おねえちゃんのタコは、日に日に育って、大きくなってきた。

めーん！　と踏み込まない時も痛くて、もう、練習どころじゃないって。それなのに、おねえちゃんはママにもパパにもないしょにしている。ばんそうこうを、たて横二枚もはって、がまんしている。

おねえちゃんは、お医者さんがきらいだ。おまけに、薬もだいっきらい。勇希にだって、つるんと飲める丸い薬が、おねえちゃんには、なかなか飲み込めない。

「勇希。ママやパパに、タコの秘密をばらすなよ」

一日に一回は、このセリフ。

学校へいく朝。

勇希がスニーカーのひもを結び直していると、右手の人差し指が、ガサッとする。

見ると、なんと、タコじゃないか！

おねえちゃんのと、そっくり！

だけど、鉛筆の先で、つついたぐらいの大きさしかない子ダコだ。

「おねえちゃんのが、うつったのかも」

胸が、どっきんとした。

こわいんじゃない。剣道部の副部長のタコが、うつったんだ。なんだか、ほんとに強くなれそうじゃないか。

勇希の子ダコも、日に日に育って、ゴマ粒ぐらいに、大きくなった。ちょっと押すと、いっちょうまえに、チクッとする。

勇希は、ママやおねえちゃんに見せたくて、むずむずしたが、じっと、がまんした。

ママに見せたら、おねえちゃんのタコまで、バレてしまう。おねえちゃんに見せたら、まねしんぼう！　というに決まってる。

だけど、そのうちに、勇希は自分のタコを、おねえちゃんに見せずにはいられなくなってきた。というのは、勇希のタコは、おねえちゃんのとは、すこしちがうふうに育ってきたのだ。

ゴマ粒ほどの真ん中に、黒いわれ目ができている。

「ウオの目に、なったんだ」

勇希は、じーんとした。

ウオの目、といっても、魚より人間の目ににている。おねえちゃんのより、ずっと、すすんでいる感じ。こんなかわいいウオの目なら、おねえちゃんだって、こわくないにちがいない。

「おねえちゃん！　見て見て」

勇希は、ついに、おねえちゃんに見せた。

「ぎゃっ」

と、おねえちゃんは悲鳴を上げた。両腕をばんざいの形に上げ、目を丸くした。

「なんだよー、これ！　おい、弟よ。こんなのまで、まねしなくって、いいんだぞ」

「まねしてんじゃないよ。うつったんだ」

勇希は、口をとんがらせた。

「だって、きみのには、すじがあるし、ちっこいくせになまいきに見えるし。ちょっと、おれのとは、ちがうんじゃないか？」

「高級なんだよ、ぼくのが」

いい過ぎた、と思ったけど、おねえちゃんは、いつもみたいに、おでこに「めーん！」をしなかった。

「これ、ウオの目だと思うな、ぼく。子ダコから、なぜか、大急ぎでウオの目に育ったんだよ」

勇希は、説明した。

「これが？　ウオの目ー？」

おねえちゃんは、じっと、勇希のウオの目を見つめた。

「へー。きみのは、ぜんぜん、おっかなくないや。なんだか、おがみたくなるぜ。ウオの目さま・タコの目さま！　って。おがんだら、なんでも、いうことをきいてくれそうじゃないか。勇希の目ん玉より、こっちの方が、うんと、かしこそうだ」

おねえちゃんは、がっはっはとわらった。

よくじつ。国語の時間の最後に、後藤先生が、黒板にこんな言葉を書いた。

まるで、呪文だ。

せり　なずな　ごぎょう　はこべら　ほとけのざ
　すずな　すずしろ　これぞ　七草（ななくさ）

「春の七草の名前よ。もうすぐ、冬やすみ。クリスマスが終（お）わると、お正月がくるでしょ。そして、一月七日に、この七種類（しゅるい）の草を入れたおかゆ、七草がゆを食べるの。いま、おぼえておくと、おじいさんやおばあさんになっても、わすれないわよ」

「おじいさんやおばあさんだって！」

と、みんながやがや、おたがいの顔を見くらべている。

「この七草の名前を、目をつぶっていえた人から、校庭（こうてい）で遊（あそ）んでいいことにします」

　先生がいい終（お）わらないうちに、はーい、はーいと、手が上がりはじめる。前から知っていた子もいるからだ。

　広見（ひろみ）くんも、手をあげている。

　勇希は、あせった。みんなの頭は　どうなってるんだ。いや、頭じゃなくて、目かもしれない。このあいだ、おねえちゃんがいったじゃないか。

「勇希の目ん玉より、ウオの目さま・タコの目さまのほうが、かしこそうだ」

って。そこで、勇希は、はっとした。おねえちゃんは、こうもいったのだ。

「ウオの目さま・タコの目さま！　って、たのんだら、なんでも、いうこときいてくれそうじゃないか」

勇希は、右の人差し指を、目の横にぴっと立て、ウオの目に、黒板の字を見せた。

口のなかで、

「ウオの目さま・タコの目さま。どうぞ、しっかり、おぼえてください」

と、おねがいした。ウオの目にばかり、たよっていてはいけないので、自分の目にもくり返し読ませた。

「あ、勇希くん。もう、おぼえられたの？」

後藤先生が、勇希に気がついた。

人差し指だけを上げているのに、手を上げているのと、まちがえたのだ。

「はい、どうぞ。せり、なずな……」

「あ、ぼくが、ひとりでいうんだから。先生は、いっちゃだめ」

勇希は立ち上がり、目をつぶった。黒板の言葉を思いうかべた。

「せり　なずな　ごぎょう　はこべら　ほとけのざ　すずな　すずしろ　これぞ七草」

「すごーい！　勇希くん！　さいきん、さえてるう」

後藤先生が、手をたたいた。

「ウオの目さま・タコの目さま。ありがと」

勇希は小さい声でいって、かしこい人差し指を、左手でそっとくるんであげた。


家に帰ると、おねえちゃんがさきに帰っていた。

「どうしたの？　剣道のけいこは？」

「できないんだよ。痛(いた)くって」

おねえちゃんは泣(な)きそうな顔を、ぐしゃっと変顔(へんがお)にして、ごまかした。

「ついに、ヒフ科にいく」

「ひとりで？」

おねえちゃんは、力なく首を横(よこ)に振(ふ)った。

「もうすぐ、ママが帰ってくる」

「でも、ぼくはいかないよ。ウオの目さま・タコの目さまが、やっと、やっと……」

勇希(ゆうき)まで、泣けてきそうになった。

「きみのウオの目のことは、ママにいってないよ」

おねえちゃんは、むりやりにっこりした。

なんて、やさしいんだ。勇希はおねえちゃんを見なおした。

ヒフ科から帰ってきたおねえちゃんの足には、ほうたいも、なにもしてない。

「治らないって？」

勇希は、心配になってきいた。

「しーっ。おれの部屋に、こいよ」

ママに聞かれると、まずいらしい。

「あぁ、弟よ。こまったことになったぞ。おどろくな」

勇希はうなずいた。おねえちゃんの顔を、じっと見た。

「チッソガスってヤツで、ジュワーって、やっつけてくれた。いてぇのなんのって。あと、なん回かやれば治るでしょうって。だけど、問題はこいつの正体だよ」

おねえちゃんは、自分の足の裏を、こわいものみたいに指さした。

「イボ、だってさ」

「イボ！　ウオの目さまでも、タコの目さまでもなくって？」

「そ。イボ・ウイルスというバイキンで、うつるって。だから、きみも早いとこ、ヒフ科にいったほうがいいぜ。体じゅうイボだらけになってみろよ。悲劇だ」

おねえちゃんの目は、真剣だった。

うそやおどかしじゃないんだ。

あぁ。こいつが、イボだなんて。

勇希は、人差し指を抱きしめた。

「でも、おねえちゃん」

勇希はいった。

「ぼくが目のあるイボを持ってること、もうちょっと、ママにはいわないでいて」

「いいけど。なんでだよ」

勇希は、ウオの目さま・タコの目さまが、学校でどんなにかしこかったかを話した。

おねえちゃんは、ものすごく感動して、

「さすが、おれの分身だ。頭のいいとこまで、うつってたか」

といって、がっはっはとわらった。


いま、勇希は、とても、なやんでいる。ウオの目さま・タコの目さまがいなくても、頭のいい広見くんにも、まだいえないでいる。

ウオの目さま・タコの目さま、じつはイボ・ウイルスさまを、いったい、どうしたらよかろうか。

そりゃあ、スニーカーのひもを結び直す時、チクッてするよ。だけど、あれから勇希のテストは、国語も算数も、どんどん100点に近くなってきている。

ママは、勇希が目ざめた！　なんて、大さわぎ。

勇希が、自分の目よりかしこいウオの目さま・タコの目さま、じつは、イボ・ウイルスさまを、だいじにもっているなんて、ぜんぜん知らない。

もし知ったら、ヒフ科に連れて行かれ、チッソガスで、ジュワッ！

そんなの、あまりにしつれいだし、もったいないと思わない？

ママに見つかる前に、だれか、うつりたい人、いない？

作・西沢杏子（にしざわ きょうこ）

詩人・作家。詩集に『虫の落とし文』『虫の恋文』（第19回「三越左千夫少年詩賞」受賞）『ズレる？』（第15回「丸山豊記念現代詩賞」受賞）『さくら貝とプリズム』など。絵本に『おちばのプール』『カタツムリの親子』『どんどんどんぐり！』など。幼年童話に『トカゲのはしご』（毎日新聞小さな童話大賞「山下明生賞」受賞）『むしむしたんけんたい』シリーズ三巻、児童小説に『青い一角』シリーズ四巻、『羽根にねがいを！』など。掌編集に『猫年２月30日』。日本児童文学者協会、日本文藝家協会会員。
HP「虫の落とし文」

画・山口 まさよし（やまぐち まさよし）

長崎県生まれ。水彩色えんぴつを使った作風で、こどもの本を中心に物語挿絵や生き物・自然をテーマにイラストを制作。おもな作品に「はっけんずかん どうぶつ」(Gakken)、「The Gift ～女神の花アプロディア」（全日出版)、「ドン・ロドリゴの幸運」「はるかなる絆のバトン」（汐文社)、「おちばのプール」「はっぱのてがみ」（子どもの未来社)、「きょうりゅう あっちむいて ホイ！」「きょうりゅう かくれんぼ」（講談社)、「鳥になった恐竜」シリーズ（全２巻 / 理論社）などがある。日本児童出版美術家連盟会員。

カゲキリムシ

発行日　2024年6月21日　初版第一刷発行
著　者　西沢杏子
装挿画　山口 まさよし
発行者　佐相美佐枝
発行所　株式会社てらいんく
〒215-0007　神奈川県川崎市麻生区向原3-14-7
TEL　044-953-1828　FAX　044-959-1803
http://www.terrainc.co.jp/
印刷所　モリモト印刷株式会社

ISBN978-4-86261-187-1　C8093

定価はカバーに表示してあります。
落丁・乱丁のお取り替えは送料小社負担でいたします。
購入書店名を明記のうえ、直接小社制作部までお送りください。